KB126341

당신은 점점 더
좋아지고 있습니다

이효영

1982년 서울에서 태어났다.
부천대학교와 서울예술대학교를 졸업했다.
시집 『당신은 점점 더 좋아지고 있습니다』를 썼다.
프리랜서 사진가로 활동 중이다.

파란시선 0111 당신은 점점 더 좋아지고 있습니다

1판 1쇄 펴낸날 2022년 10월 20일
지은이 이효영
디자인 최선영
인쇄인 (주)두경 정지오
펴낸이 채상우
펴낸곳 (주)함께하는출판그룹파란
등록번호 제2015-000068호
등록일자 2015년 9월 15일
주소 (10387) 경기도 고양시 일산서구 중앙로 1455 대우시티프라자 B1 202-1호
전화 031-919-4288
팩스 031-919-4287
모바일팩스 0504-441-3439
이메일 bookparan2015@hanmail.net

ⓒ이효영, 2022, printed in Seoul, Korea

ISBN 979-11-91897-36-4 03810

값 10,000원

당신은 점점 더
좋아지고 있습니다

이효영 시집

시인의 말

당신이 쓰고
나는 읽는다.

차례

제1부

가족

 용서해야지, 한다 봄이 오면 버릇이다 놓아줘도 되지
봄이니까 그러나 한낮을 걸어도 마주치는 이 없으니 나 무
엇을 용서할까 울고 떠난 나만 꽃잎으로 날린다 나로 분분
한 봄이야 또 시작이야 내가 무릎을 꿇고 내가 감사하고
내가 노래한다 내가 음식을 차리고 내가 낭비한다 용서하
고 싶은데, 용서할 놈이 어딨니 봄날은 작년처럼 환하여
나는 또 나를 보낼밖에

가족

요리 시간

위험한 물건을 다룰 때는
주위에 소리칠 것

칼! 언제든 되돌아보는

불! 내부가 외부를 덮어 버린

컵! 멋대로 공간을 만든

물! 불가능한 자세

손! 신경 쓰이는 무늬

코! 고독한 취향 혹은 취향의 고독

요리 시간
하루를 세 번 절단한다
혼자 먹어도 공포는 공유된다 우리는

눈! 흔적이 있다

뚜껑에 붙어 있었다

가족

화장실 앞
문을 막듯
서 있는 식탁
빈 식탁
씻고 나서
자연스럽게 벗은
팬티 올려놓다
흰 식탁보에 빨간 팬티
있다 그랬다 의외로
익숙하다 씻고 나서
비위생적이고
반사회적이고
그랬다 익숙하다
애초에 화장실이
식탁과 나란한지
묻지 않는다
우리는 왜
먹고
누고
씻고 나서도

얼룩덜룩

식탁에 눈 돌리는지

가족

너의 피는 무슨 색이냐

외계인이 물었다 나는 대답하지 못했다

자꾸 잉크를 뿜었다 몸속 검은 잉크

참지 못했다 아무 데나

아무 때나

사인하고 싶었다 잉크라니

나의 것이 아닌데

만년필 써 본 적도 없는데

뾰족한 펜촉 상상 잘 돼

수시로 몸이 떨린다

16

흐르는 잉크 휩쓰는 잉크 나를 움직이는 검은

잉크 지구에서 자란

지구 밖에서 온

심장이 아니라 머리에서부터

넘친다 아드레날린처럼

불쑥

엄마 아빠 오시네

지구인은 혹시, 다 붉나?

외계인은 나의 본질을 궁금해하는데

그저 나 사인하고 싶었다

지구의

인류보다 더 자꾸

다른 것이 흐른단 말이야

가족

소나무 숲으로
키를 맞춘 이마
바람 따라 모두 늙은 십장생

박쥐들은 소리 없이 춤추다
떼 지어 석양을 향해 간다 초음파
조화로운 충돌

그해 여름 발견한 뱀 껍질 몇 개
자신을 벗고 더 생존하는 혀를 상상한다
남자는 풀을 베다 말고 씨부럴
발길질하며
자연에 대한 악담을 흘린다

소나무 숲으로
가지들의 연쇄적인 악수
내면이 먼저 뿌리를 짚고
아이는 여자의 유두만큼 입을 벌린다
악착같은 입술은 뼈도 없이
훗날 흉터를 남길 몸을 미리 쓴다

가족

외눈의 생선을 번갈아 뜨고
가시가 보이면 뒤집는다
시계 방향으로 화투패를 던진다
새해마다 가장 괴상한 것은 나의 성장
차례를 지내도 한 번도 늙어 본 적 없다
서랍 속에서 마주칠 때마다
다섯 살 가족사진이 죽음보다 멀다
눈깔을 보고 몸을 본다
먹히는 데도 순서가 있다
화투판이 돌면 남은 사람은 생략한다
딴짓 중인 광팔이 신경 쓰지 않는
아빠 엄마 그리고
뒤집는다

You be good. See you tomorrow. I love you.

오늘도 혼자 대형마트에 갔습니다 빈 새장 하나를 샀
습니다

1.

진열장마다 가득한
세상의 모든 입술
어제 본 것들과 불쑥 돌출된 것들
많을수록 좋습니다 내일이 만개합니다

차곡차곡 장식된 나의 새장들이
천장 높이 퍼덕이고
언젠가 진짜
한 쌍의 노란 새 가지겠지만
나는 다시 만날 약속을 해 봅니다
내일 보자 그렇게
말하는 중입니다

2.

어떤 유머도 아름다운 노래를 이길 순 없겠지요
그래도 새장의 창살은
건치(健齒) 같아 좋습니다 고르고 건강한 날들
호두가 사탕인 줄 알고 빨아 대던
어린 시절이 있었습니다
알맹이 사르르 녹아들 순간을 기다리다

나는 어른의 목청을 가졌습니다
목울대처럼 불거진 껍데기
초조한 저녁 산처럼 울컥
호두를 통째로 삼켜 버렸더랬지요
그때부터 나는 켁켁
기침을 멈출 줄 모르고
나의 인사는 선병질적입니다
그래요 당신 내일 또
또
보겠지요

내일을 향해 잠들면 꿈속은 뼈처럼 치밀합니다 나의 시
선은 크고 아름다운 줄기

22

끝에 닿는 것들이 모두 말캉합니다 미래는 부드러워
세상의 모든 혀들이 일제히
화들짝 뿜어집니다 축구장의 두루마리 휴지처럼
목청을 뚫고 나오는 호두나무 나의 밤을 채웁니다
깨금발을 한 듯 밤은 한 키 더 솟습니다 가지마다 주렁
주렁 새장이 열리고 고른 창살의 음계로 바람이 스칩니다
먼 약속을 짊어지는 호두나무

3.

내일도 안녕한 당신
내가 피워 낸 발화를 만지며
당신은 점점 더 좋아지고 있습니다

●You be good. See you tomorrow. I love you.: 앵무새 알렉스가
죽기 전에 한 마지막 말. 알렉스는 현재까지 연구된 앵무새 중 지능이
가장 뛰어났다고 알려져 있다.

제2부

선미장식의 계단

가파른 계단을 내려올 때, 나, 불현듯 깊다, 실체보다 무겁거나, 실체보다 빠르다, 계단을 타고 있지만, 계단보다 조금 더 앞이다, 쏠리는 각도는 전부, 갈무리하는 나,

가파른 계단을 내려올 때, 나, 비를 맞고 있는 것만 같다, 비의 한가운데 혹은, 비 자체로서, 나, 다 떨어지지 못했다, 하늘과 땅 사이, 천둥의 한 점 발현과, 만물의 진동 사이, 그사이, 아니 비를 맞는 것이 아니라, 비의 메커니즘을 맞고 있는, 나,

실체보다 전진, 실체보다 전위, 실체보다 첨예, 가파른 계단을 내려올 때, 나는 최고로 섬세하다, 콧날이 살아 있다, 슉 슉 슉, 각도의 숨찬 소리도 들려, 고집스레, 비에서 쏟아지는 비처럼, 나를 뚫고, 나를 덮는, 나,

가파른 계단을 내려올 때, 나, 계단을 이기며, 조금 더 가파르다,

판다의 비전

—

판다가 한국에 올 거라고
처음 말해 준 외할머니
내게 훗날 보라 했다
신비한 중국의 동물 판다를
네가 가서 보라

판다는
누워 있다
무채색으로
손 흔드는 자들
모두 흘려보낸다

5박 6일 외할머니 댁에서 놀다
대나무밭을 지나던 시절
혼령들이
지겹게 배곯은 혼령들이
삶을 제발 끊으려
내면보다 더 까라지고 까라지고

—

알아보겠더냐

알겠느냐 너는
멀지 않은 세계
검은 모퉁이로 걸어가는

외할머니
미안해요 멋지게 살지 못해서
미안해요 괜찮은 어른이 될 줄 알았는데

양육을 거부한 판다들이
무자식으로 누워
있었다 있다
게으른 판다에게는
자연도 멀어 흑백
두 가지 색 이상을 섞을 수 있다

흑백(21㎝×29.7㎝)

초코쿠키를 먹는 여자와
샐러드 먹는 소녀 사이
창밖으로 구름이 몰려오고
라디오 소리는
시끄러워 끈다
대신하는 비
빗소리
왜 한자리에 있는지 모른 채
여자 오물오물
소녀 오이를 골라낸다

사이에 나는 왜 있는가
창문을 닫아도
비는 세밀한 목소리
전파처럼 공격
내부의 본질을 생각하는 정신
비 비 비 나를 침투하는

횡단보도를 건너다 넘어지는 아이

감사하다며 감사하다며 집 앞까지 따라오던 노숙자

덜컹거리는 간판

저녁을 먹고
간식을 먹어도 될까
혼자 손은 땀에 젖고
테이블 아래마다
부스러기처럼
눈알들

나는 묶인 채로 의자
바깥부터 내부로
다큐멘터리처럼 본다

현장을 만드는 비

물멍

스스스 톱질하는 파도. 톱밥처럼 안개. 모든 아름다운 풍경 중 최강이라는 바다. 다가가서는 마치 끌려온 듯. 벽도 없는데 사방이 막힌 듯. 근시처럼 오래 소비하면 물결에 떠오르는 사람. 몸이 반쯤 잠겼다 부정적이야. 몸이 반은 나왔다 긍정적이야. 액체가 닿는 곳은 하나같이 검다. 곰팡이처럼 무력하게 늘어나는 상반신. 폐허의 무수한 싹처럼. 네가 떠난 집에서 사람이 자라난다. 하나 둘 세어 보다 포기했던 불씨. 북한군은 제 영역에 불을 놓고 있었다. 밤이 낮과 쉽게 겹치는데. 최북단은 최남단을 지켜볼 뿐. 이해하지 않는다. 철조망 가까이 불이 넘실대도. 방한복의 아군과 웃통을 깐 적군. 쌍안경으로 본 것 중 가장 멀어. 내일이 보이지 않아 부정. 내일이 없어도 좋아 긍정. 한 번도 숨 쉬지 않았는데. 비 온 뒤 지렁이처럼 나오는 얼굴. 눈코입 표정 없이 다 찾아낸다. 새카맣게 태운 바다. 나의 뒷면이 오줌싸개처럼 축축하다.

책장

말라붙은 폭포

폭포에 대해 김수영이 말했고
다시 말하는 것은 풋내기다
풋내기를 벗은 독서가다 나는

어머니는 아버지의 영웅문 전집을 몰래 다 버렸다
나는 어머니의 세계문학전집을 읽으며 자랐다
순서는 그렇다
무술 후의 교양

폭포는 그 모양 그대로
먼지가

아버지는 내게 일제 게임기를 사 줬다
이참에 일본어라도 공부해 보겠니?
그러나 평생 뜻 모를 일본어가 CD 음질
오메데또~ 오메데또~
어머니는 대망을 읽어 보라 했다 한 권만 떼면 계속 읽
게 된다고

어머니는 중학생 때 한 번 죽었다 문학소녀로 폭포 속
에 안치됐고
　　아버지는 거기서 늙어, 너를 망쳤다 우리가 망쳤어

　　괜찮아요 나는 진취적인 인간, 인형이 아니에요
　　왼손과 오른손마다 각각의 필살기
　　'독서'와 '전문'
　　천연기념물에 순위를 매겨 뭐 해
　　굳은 낙하를 보며 미소

모나미

성인이다
항문기를 거쳤다
똥에서부터
나는 살아남았다
똥에게 지지 않겠다
멀쩡한 인간으로
서명했다 볼펜 들고
일상마다 흔적

만나식당에서 우회전하면 바로 보일 것입니다
밤사이 천둥 번개를 동반한 비
성공하지 못하더라도 좋은 경험으로
나무를 자라게 하는 것은 밥이 아니라 빛
자립이란 남에게 예속되지 않고 스스로
해당 사항이 아닐 경우 여섯 번째 항목은 비워 두십시오
내일은 꼭 만났으면 좋겠다 너무 오래 못 본
선생님 존경의 마음을 담아 당신에게
미워하지 않기로 해요 우리
아무래도 길어질 것 같다

만났다 학교

회사 카페

흩날리고

사방에 칠했다

스쳐도

손에 묻고

묻히고

인연이

거무튀튀

전염되어

지워지는

모나미

명명이 태도가 되기도 한다

마치 그것은 리얼

스웨그 같아

손가락 끝마다 시린 제스처

너

나의 이야기를 듣고 있나

36

왜

창문

여보, 문을 열어 주세요
가마우지가 넘어오고 있어요
가마우지가 기대하고 있어요

창문 하나 얼굴 하나 그래도
가지가지 모으면 능력이 될까요
전설이 될까요 나를 모으면
내가 되고 혹은 나를
밟고 가나요

여보, 문을 닫지 말아요 가마우지는
폭군이 아닙니다
목숨 하나 값도 귀한데
목숨들 주렁주렁 하대잖아요

나의 방 당신으로
우리 방이 되었지만
가마우지가 바라보는 밤
내가 지금 왜 여보를 찾는지 여보 당신은 아나요
내가 사라지는 곳에 여보가 있으니까

내가 없어야 되는 방이에요
가마우지 쓸고 가는 방 나는 그저
염두에 두고
고민하면서

누군가 얘기했어요 이곳은 아니다
그러니까 여보 이곳이 아니듯 나도 아니고
여보 대롱대롱 매달린 당신처럼
가마우지 가마우지를 봅니다 창문에 붙음
나를 모은다고 내가 아니고 여보

아 해 보세요

사람이라면 어느 날은 치과에 가야 하지 개인적이고 대외적인 약속 삶이 새삼 디테일하다 순번대로, 가장 작은 것부터, 선물 받았다 돌잡이 때 잡은 실 돌아보니 짧고 볼품없네 얼마나 타인이 구경했을까 걸음마를 왜 볼까 병원 침대에서 나는 설명적이다 상대가 있거나 상태가 있거나 아니면 혼자다 창문에는 고루해진 빛 박힌다 기웃대는 새에게 이름 붙이면 내 무서움도 인정받나 사랑하면 사랑받나 드릴 소리에 자주 낮잠을 깼다 나를 소외한 발전은 다 무개념이라 소음 겨우 삼켜 다음으로 간다 어쩌면 하양 어쩌면 보라 어쩌면 리셋 손을 들면 미래의 배우자가 말한다 눈 감으면 사색에 빠지는 것 너의 에고다 혀뿌리까지 고민하는 것 너의 이기심 인정한다 내가 가장 날카롭지 문을 넘을 때마다 발끝이 위험하다 죽음도 없이 식장도 없이, 의사가 말한다 당신에게 감동은 없고 강박은 있습니다 그래도 선생님 전 눈물이 나요 의식 좀 잃었으면 좋겠어요 나를 나에게 모두 쓰고 싶거든요 내가 깎이는 동안 솟아나는 건물들 옥상까지 오른 미래의 배우자 뛴다 빨려든다 푸른 공중 내가 못 보는 곳이 가지런하다

●사랑하면 사랑받나: 크라잉넛의 「말 달리자」에서.

소문

　내가 아, 하면 어, 하는 아이가 있었다 매일 나를 따라왔
지만 한 번도 나처럼 말하지 않는 아이가 있었다 내가 어,
하면 아이는 아, 했다 길은 많았지만 나의 길은 귀갓길 아
이는 제집과 상관없이 나를 따라왔다 가끔씩 나와 부딪히
기도 했다 그때마다 아이는 샐쭉 웃었다 왜 나를 쫓아오
니 아이는 무슨 말인지 모른다는 듯 오른발을 들어 보였
다 아빠가 뒷산 너머로 가지 말랬어 그곳에는 얼굴이 큰
아저씨가 많고 가는 길마다 못을 심어 놓았다고 그곳에는
곪아 터진 살갗 널브러져 있다고 나는 아이의 말을 비웃
었다 내가 가는 길에도 못은 많아 아이는 냄새를 풍겼다
오래 묵은 밥알 같은 냄새 아이는 또 샐쭉 웃었다 너의 길
속에 내가 있으니 네가 아, 할 때 나는 어, 하겠지 조금씩
어긋나며 우리는 영원히, 영원할 거야 어두워져 돌아보
면 불쑥 과묵해진 아이가 저기 끝에 서 있고 진득한 어둠
은 아이의 침입으로 조금 더 진득하고 조금 더 조밀하고
나는 아아 소리쳤다 아이는 어, 했다 그냥 어, 라고, 했다
　아이는 나에게 그리운 당혹이었다
　나는 아이에게 지겨운 공포였다
　서로 같은 길을 걸었지만 그곳은
　아이의 귀갓길이었을 뿐

나에게는 아무것도 아니었다

길은 문득 한 방향이다

제3부

텍스타일비즈니스

그때는 몰랐다 지하 편직실
혼자 기계를 돌렸다
조원들은 아무도 나오지 않았다
휴일의 편직실엔 실이 많고
나는 빨주노초파남보 색별로
조원들의 니트를 제작했다
뜨개질은 기계의 몫
내 일은 없었다 나는 기계처럼 기계를 바라봤다
실을 쭉쭉 빨아먹으며
텍스트…… 텍스트…… 텍스트……
기계는 운동했다 빨주노초파남보
뱉어 냈다 나는 왠지 배가 고팠고
없는 조원들의 비즈니스를 생각했다

1은 깜짝 놀라 잠에서 깬다 머리맡에 드리워진 누군가
의 바랜 거웃 초조한 마음으로 담배를 나눠 피운다 2는 장
차 사라질 자신의 내면을 담배 연기로 미리 조직한다 하
나의 옷을 둘이 나눠 입는 것은 참 늘어진 삶이다 최후까
지 촘촘하지 못한 3이 촘촘한 골목을 헤맬 때 4는 누군가
두드리는 문을 굳게 걸어 잠그고 창문 아래를 내려다본다

차들이 싸구려 정전기처럼 추돌한다 비명과 욕설이 엉킨
다 5가 소매를 걷으며 꽥꽥 소리를 지른다 좋은 패션이
되지 못해 6은 보조석에 커버처럼 붙어 미동 않고 7은 영
정 사진을 보며 다 풀린 실패처럼 웃는다 친구의 환한 미
소를 사진으로 처음 본 것이다 돌아온 8이 다족류와 접촉
한다 아마존의 치까마까거미는 집보다 옷을 먼저 짓는대
나신이 외로워서

　　나신이 된 조원 하나 전화를 걸어 왔다
　　그때 만든 천들, 빨주노초파남보 천들
　　모두 네가 가져갔니?
　　글쎄 나눠 준 적 없지만 내가 챙긴 것도 아닌데
　　이제 와 그게 중요한가 나는 어이없었고
　　부리나케 토했다 입 밖으로 실들이 엉켜 나왔다
　　빨주노초파남보
　　뒤섞여 역겨워진 실들 언제 먹었던가
　　나를 옭아맨 것들
　　오래 배 속에서 조작된 것들
　　텍스트…… 텍스트…… 텍스트……
　　이후로 나는 한 번도 편하지 못할 것을

반복해서 토하리란 것을
알았다 기계처럼
길고 외로운 운동이 되리란 것을
하지만 텅 비었던 지하 편직실
그때는 정말 몰랐다

●텍스타일비즈니스: 전역 후 복학하니 내가 다니던 학과 명칭이 '섬유
과'에서 '텍스타일비즈니스과'로 바뀌어 있었다.

분모

태어날 때부터 나
높은 집에 이사 왔어요
내려다보면
엄마는 눈 덮인 마당을 바느질처럼 헤집고
아빠는 선 채로 하반신을 덮어요

그악한 이 계절이 어째서
매해 명확해질까요 숫자를 볼 때마다
나는 이웃을 생각하는 아이
같아요 뒤꿈치를 들고 살금살금
걸었어요 아래가 가려웠지요
찬장 아래 부엌 가위
내겐 잘릴 나이가 아직 많아요
층계에 말라붙은 고백 나선계단은 아니더라도
엄마 아빠 2층을 다 못 오르고 늙었어요
널브러진 생활고 1층에 방치됩니다
쓸모없이 눈이 가는 공식들
다 넘기고도 책을 덮지 못했죠
내 마음이 더 높기 때문이에요

수포자의 수학처럼

막막하니 폭설이 내려요

집이 나를 띄우고

토막 내요 반인반수의 개념이란

아빠는 언제 엄마에게서 나왔나?

생선 내장을 던지는 엄마, 삽질하는 아빠

거꾸로 선 고드름은

뾰족 솟은 우리 집

다락방 창을 닦아 대며 나는

찌르르 설사기의 아득함으로

분해되는 눈발을 지켜봐요

아래에선 규칙적인 노인이

컴 앤 컹

—

트럭에 올라
확성기를 잡고 서울 기슭까지
저희 후보님은 S대
S대 출신이에요 부르짖으면
민심 대신 개들이 솟아올랐다
담장 위로 흩날리는 혀

개야, 부르면 오니 올 수 있지 너는 개야
꼬리 내릴 수 없는 날 중에 하나
개야, 헥헥거리다 뛰어오르다 벌린 입
저들끼리 경쟁적
개들은 점프할 줄 알지
조총(弔銃)처럼
컹컹 허공으로

나는 더 낮은 곳이다 개야
그래도 부르면
오겠지 와야지 하지만
사료도 소시지도 없이
식욕보다 이른 본능

—

혀를 내민 것들의 레드오션

확성기를 잡고
컹컹
동네를 돌며

에어팟

집에 돌아올 때까지 몰랐습니다 씻느라 거울을 보고야 알았죠 또 내 두 귀를 흘렸음을 다음 날 일찍 일어나 귀갓길 되짚으며 출근합니다 구석구석 살펴야 합니다 제 귀는 생각보다 작고 양쪽이 전혀 다른 곳에 떨어져 있을 때도 많습니다 귀 하나라도 놓고 온다면 사람들을 무슨 낯으로 보겠어요 귀가 없이 듣고 있는 저를 뭐라 생각할까요 누군가는 제 직위를 누군가는 제 이름을 누군가는 선생님 작가님 그렇게 부릅니다 그러면서 말합니다 이거 아십니까 이거 할 줄 알까요 어떻게 생각합니까 귀가 무겁습니다 떨어질 만도 하죠 혹시 완벽한 폐기 불가능할까요? 골목에서 도로에서 혹은 기억도 없는 역 근처 상가 화장실에서 저는 결국 귀를 찾아냅니다 싸구려 마술처럼 뿅 나타납니다 어느 날은 입을 흘릴 때도 있습니다 다시 찾은 입은 위아래 입술이 굳게 닫혀 있었습니다 그러면 이상하게 귀도 입도 없는 뭉개진 얼굴 모자이크 처리된 불특정 다수의 얼굴이 저는 애달픕니다 물론 그건 아주 가끔 있는 일입니다

명백히 달콤한 빵과

선빵

주먹은 단순하다 중요한 것은 질도 양도 아닌 선(先) 절단된 시간을 비집고 나오는 대가리들 승리자들 일순의 진화를 위해 수 세기를 까불려 온 식빵의 역사 그 주름 뒤로 마침내 새벽이 온다 빵집이 문을 연다

박명에 눌리고 으깨져 뭉텅뭉텅 배설되는 하루 신선한 빵들의 레이스

매번의 첫 경험으로 창세하나니 더 이상 순결은 논하지 말 것 모닝바게트가 먼저 굳어 간다 유통기한에는 예의가 없다

죽빵

열렬히 무언가를 심고 싶어
나는 파고든다
오로지 그대의 몸으로
나라는 열매를 피우리
나의 완성은 그대의 표정

너에게 날 닮은 고통을 주고 싶다 무너지지 않을 증거를 남기고 싶다 허기진 마음으로 거울을 볼 때 그때마다

53

되새겨 다오
    영원히 허물어지지 않는 자국을
    한낮의 운동장이 들려준 신화를
    부풀어 오르는 초콜릿머핀의 자태를

    담배빵
    끝없이 구석진 자리를 찾아가는 남자들
    담배를 권하며
    낙엽 끌리는 소리로 웃는다
    담배 몇 개비로 자신을 넘어서는
    남자들에게 상처란 이미 지나간 것
    곰보빵은 흉터로 생환하고
    남자들은 흉터로 타오른다
    전염성 높은 불꽃
    장엄한 격언들
    잊히지 않는다 아주 멀리서부터
    영광의 문신이 나를 대신해 울어 주리라
    회고록처럼 떠도는 밤
    꽁초처럼 쭈그려 앉아 골목 끝을 바라본다

생일빵

등이 꺼지고 촛불이 별처럼 떠올라요 살아 있다는 것은 축복이네요 박수는 곧고 가팔라요

촛불 앞에서 나는 생전 안 했던 말을 중얼대고요 내 최초의 말을 다들 잘 이해합니다 같은 배에서 나온 듯한 동질감 모두의 내일을 알 것 같은 하루 누군가 왜 태어났니 물어 와도

살아 있다는 것은 축복이다!

단호한 모습 너무 좋아요 때려도 기쁘고 맞아도 기쁘네요 우리는 생크림처럼 쉬지 않고 달려가요 조금 더 깊은 냄새를 향해

한 해 또 한 해

새로운 얼굴을 쓱쓱 그려요 범벅된 하얀 얼굴 노골적인 마스크 깔깔깔 자지러집니다 삶은 엽색처럼 풍요하니 케이크는 내년에도 제 살을 내줄 거예요

곰빵

신비로운 일들이 매초마다 일어나는 곳

시선으로 환한 우리의 들판

입술 끝에 걸린 영탄

발길질에도 리듬이 있다니

해가 뜨고 지는 사이 가로등이 꺼지고 켜지는 사이 밀
가루 치솟고 먼지 무겁게 가라앉는 사이

누군가는 자꾸 일어선다 눕지 못한 감동이 물컹

새어 나온다 소라빵의 크림은 걸쭉하니

낯익은 음계로

셔터가 닫힌다

슬그머니

하루가 돌아간다

방명록

하루
꽂힙니다 삽화처럼

짓다 만 고층 건물이
수십 년 어둡습니다
무관심한 광고지
세간처럼 켜켜이 쌓입니다

아이들이 말뚝박기를 합니다
하나 둘 셋
네 번째 점프에 쓰러집니다
풀썩이는 먼지
사람 모양이 부풉니다
바닥에는 입을 다문 꽃봉오리들

차라리 만나지 말걸……
빈 창틀만큼만 생각합니다
갈라진 공구리 따라 궁리합니다
여기서 당신과 입 맞추면
우리는 영원히

비정기적인 관계

기필코 관계인 것입니다

가다 멈춰 있습니다
책갈피처럼
하루
당신을 다 넘기지 못합니다

일주기 테이블의 김치
—고태관(PTycal) 시인께

메뉴가 바뀌어도
언제나 한쪽엔 김치가 있다
마음은 같은 것을 찾고
돌아서서는 놀란다
벌써 시간이 이렇게 됐네요 태관 씨

비 내렸다 그치고 더웠다 추웠다
깨어나 밥 먹었고 누우면 졸렸다
참 명백한 리듬

한 번도 몸에 익지 않는다

왔다 가고 갔다 오고
나날에 이게 전부인데
올해 김치는 다르냐?
문득 김치가 밉기도 하고
고춧가루 모양이 왜 저러지
네모세모동그라미 낯설기도 하다
김치를 먹으며 변해 왔다 태관 씨
마지막 날에도 따봉 날려 주던

아니 원래 이상했다

끼치다 금세 멀어지는 냄새
후각은 몸의 것이라 쉬이 피로한데
마음은 우리를 나란히 놓는다
당연하게 김치야 또 보겠지만
끝까지 이상한 사람 이상할 사람
있었다 당신인가 나인가

2020 여름의 원더키디

다시 못 올 그 여름에도
나보다 뜨거운 사람이 없었다

햇빛의 개념
아이와 노인이 나란히 무단횡단한다
하나는 빨간불의 개념을 모르고
하나는 개념을 포기했다

서치라이트
감지되는 한 움직이는 것

바닷속 문어는 자세에 대해 생각지 않아
다만 물 밖은 심란해진다 디뎌야 할 햇빛
너무 많다 다리마다 주렁주렁 세상을 달고

층간소음
아파트는 말한다
생각하라 생각하라
너는 사유하는 동물
그렇지 않니?

나는 그냥 입 닫고 들어가
꽉 찬 네모이고 싶은데
네모와 네모 사이
틈 틈 사이
내벽의 침묵과 외벽의 소음 사이
층간에 눌어붙은
길고 검은 머리에 대해
반성하고 반추하라며,
수십 개 눈알을 디굴거리며
아파트는 자꾸 내게

사람이 사람에게 밀리고 있었다
한 사람이 가도 한 사람이 와 있었다
등이 등을 따라 했다 그때
또 하나의 등이었는데
나는 왜 항상 중심일까?

큐알

늘어나는 당신의 점 하나였던 것이 두 개 네 개 여덟 개
거기서 나 문양을 발견한다 삼각형 사각형 한글 알파벳 기

하학적 무늬 별과 별자리 수북한 털 사이의 예언 우리의
텍스트 무한 증식하는 연인들 연중행사처럼 잔을 나누면
마음마저 잘 읽힌다 좋은 말씀이 핏줄 따라 흐른다 오늘
이 내일로 이쁘게 이어지는 문신 사필귀정, 인지상정, 효
도, 충성, 사랑, 과거의 육체에 온통 미래라니 점과 점으로
우리는 하나의 위대한 추상

불꽃

적외선 속 불꽃……
많이 봤지 보는 건 잘하지 하지만
함부로 "불꽃" 그러면 안 돼 내가 언제
진짜 불을 봤나 꽃도 다 못 봤는데
내 몸이 단 한 컷이라면
채색만으로 빨갛게 타오를 텐데
나의 온도는 어떤 색도 고르지 못하네
불도 꽃도
꽃말조차 외지 말고
라이터처럼 손끝에 매달린 불
가스레인지 졸아든 시퍼런 꽃
딱 그 정도만

휩싸지도
휩쓸리지도 말고

매직아이

그(나)는 평면을 사랑했다 그(나)는 자신을 3인칭으로
지칭하고 현재를 과거형으로 설명했다 그러나 막 꺼낸 얼
음은 이미 사후의 긴장으로 무너지는 중 그(나)는 입체가
두려웠다 다른 외모의 가능성 밤중에 걸려 오는 전화처럼
벽에서 불쑥 손이 나올까 봐

마스크의 사람들 오늘도 같은 표정인데 그(나)는 내면
의 웃음을 보고 만다 감정은 왜 뭉갤수록 더 돌출되는지
오늘에서 내일이 떠오를까 봐 그(나)에게서 나(그)를 볼
까 봐 마스크 아래까지 합죽이가 됩니다 합

그저

내가 넘친다

버틸 수가 없다

적어도 열 개 국어로

인사할 수 있다

살려 줘,는 그 두 배

내가 넘쳐

가는 곳마다

배경이 익사한다

수면 위로 둥둥

온 나라의 얼굴들

물속에서도 잘 들리는

언어로 반복한다

세기말

1999년, 십대의 마지막, 생애 가장 큰 무대를 보았어, 조명으로 세상은 하얗고, 활보하던 어른들 검게 퇴장했어, 바퀴벌레처럼, 세상은 무대로 남았지, 정말로 종막이었던 거야, 그리고 나는 또 보았지, 공중에서, 하늘에서, 가득 날아오는, 아, 아기, 아기들, 온갖 둥이들, 메뚜기 떼처럼 왔어, 포악하게, 밀려왔어, 무대마저 씹어 먹는, 생명, 무한한 생명, 이후 난 더 이상 영원도 종말도 믿지 않지, 다만 무대가 때때로 또 열리면, 크든 작든, 세기말도 아닌데, 아기들을 보지, 그래 오늘 밤처럼, 달빛에 바닥부터 짜게 식는 순간, 물컹해지고, 우글우글, 아기들, 연한 살 밟은 듯, 부드럽고 떨리고, 어려운 균형으로, 발 디딘 경계, 아, 아슬아슬해, 무대와 무한이, 아기들 옹알이도 없이, 성인 되네, 돌잔치와 성인식, 스무 살과 마흔 살, 이 끔찍한 혼종을 봐

뻐꾸기시계*

그는 시간을 오래 만졌다 시간은 닭장의 알처럼

자주 발견됐다 흐르는 게 아니었다 쌓였다

여름의 끝에 그는 평생 모은 시간을 날려 버렸다
거리낌이 없었다 전부 다 일력 너머로 사라졌다

시간의 뒷모습을 그는 시간 없이 바라봤다
이별이 일순인지 영원인지 이제는 알 수 없다

*대학교 새내기 시절이었다. 동기 하나가 갑자기 죽었다. 그 동기를 좋
아했던 다른 동기는 장례식장에서 계속 웃었다. 미소가 중력 없이 떠
다녔다. 공부 많이 해, 인생 공부. 갑자기 나를 보고 말했었지. 그는 왜
섬유과 야간반 동기인 내게 인생, 운운했을까. 장례식, 그날, 무엇을 보
았을까. 내가 뒤늦게 짜낼 텍스트에 대해, 나와 우리 미래에 대해, 그
는 대체, 뭘? 딱 20년이 지나, 그 동기도 죽었다. 코로나 속에 아팠고
혼자 갔다.
이봐, 아직 인생을 몰라. 몰라서 나는 내세를 믿어. 그러나 내세에도,
내 사람들 다 만나지 못하겠지. 현세라는, 내가 결코 몰라 끝없는, 우
주. 내세는 나의 현세를 다 담을 수 없다. 내가 현세를 모르니, 현세의
나를 내세도 몰라. 혹, 우리 다시 본다 해도, 완전히 다를 것이다. 그렇
지? 행복하게 재회해도, 그렇지? 내세는 시간을 아끼지 않을 테니, 이
번 같지 않을 것이다. 무중력 미소는 필요치 않을 것이다. 중력조차 없
을걸? 장례식도 없고, 인생도, 공부도 없고, 하물며 슬픔도, 없을걸? 그
리하여 내세는 나의 것, 나만의 것. 슬픔 없는 내세가 나는 슬퍼, 현세
는 울지 못하나 봐, 동기야.

67

개막 결국 취소
—코로나 감염증 확산에 끝내 열리지 못해

벚꽃 아래를 거닐어도
오래 맴돌아도
사진을 찍던 건 아냐 요망하게
상춘객이라니 혹 내가
정말 벚꽃을 담는다고 갑자기
세상이 더 예뻐지는 것도 아니지
물론 그렇다고
푸른 벚꽃을 기다린 것도 아냐
혼자 걸어가고 있어

"우리가 쌓은 죄가 드디어 벌받는 시대입니다"

말하는 걸 들었어 시대,라는 말
화가 난다
우리,라는 말이 엉길수록 더욱

흘러왔던 사람들 차마
나를 혼자 두고 떠날 수 없네
팝콘처럼 튀어 오르는
저기 죄악들을 봐

벚꽃 떨어진다고
봄이 나를 떠난 것도 아냐
사라지지 못해 쓰러지는 것들
각자의 자세를 가졌는데

제4부

개막식

감자를놓고감자를또놓으면코스요리처럼목차가펼쳐진
다그옆에감자하나더있어도그렇다수십개?물론완전가능
얼굴옆에얼굴은어떤가캐나다옆에캐나다브라질옆에또브
라질이준우승옆에준우승이라면서로의눈빛이서로를통과
하는저것을시작이라할까심연이라할까미안하단말옆에괜
찮다혹은천만에대신또미안해라면?따뜻한남쪽제주도거
기서감자를먹은적있다돌아보면감귤도아닌감자라니이상
하다가도얼굴옆에얼굴들그옆에얼굴자꾸얼굴이되는얼굴
관광버스에서듣는클래식처럼말없이인정하는합일손에손
잡은감자감자라는것어디서든보고만지고구를수있다굴릴
수있다표정없이한바탕웃음만들수있다얼굴처럼하하하옆
에하하하왜그래묻다가끝내다같이하하하그런사연없는전
염병처럼

이벤트도 없는 세상

생일날 나는
사막을 건넜다
가족도 없이 친구도 없이

열다섯 살에 귀화했지만
끝내 태극마크는 달지 못했어요

달력의 날짜를 몇 번씩 동그라미 쳐도
쿨하게 돌아서는 날들

찾아간다고 수십 번 말하고
정말 찾아가서 묻는다
오늘 무슨 날이에요?

성냥도 라이터도 없다
딱 한 달 금연하고 결국
전자담배로 타협

빈 초를 들고
캄캄해진다

하이톤으로 울던 아이가
문득 주위를 돌아보는 사이
세상 슬픔이란 그 정도인 것을

저녁마다 하루를 회수하고
바르게 앉아 식사를 한다
익숙한 쌀밥에 또 침을 삼킨다

만년 8강이었죠
시상대에 나란히 네 명
내겐 다 죽은 얼굴이었어요

축제 대신 숙제처럼

메달이 아니라도 출전하는 데 의의

효영낭독회

그날 저는 낭독회에서 소설을 읽었어요 처음부터 끝까지 읽었어요 분량은 원고지 50매, 소설치곤 짧다 해도 낭독하기엔 너무 긴 것, 알아요 안다 해도 저는 다 읽었어요 마음먹었어요 행사장은 야외였고 주말 낮이었어요 날씨는 맑았다가 햇빛 사이로 갑자기 비가 왔고 또 금세 그쳤어요 간이 천막이 채 가리지 못한 의자들이 비에 젖어 반짝였어요 사람은 오십 명쯤 됐어요 예상보다 많았죠 반은 앉아 있고 반은 서 있었어요 제 앞으로 시인이 시를 읽었고 제 뒤론 소설가가 에세이를 읽을 예정이에요 저는 원작자 이름만 말하고 소설을 읽었어요 **나는 그것에 대해 쓰기로 했다 그것은 내 의지가 아니었다**,라고 시작하는 소설이었어요 소설은 시와 달라요 소설은 뭐뭐였다, 뭐뭐 했다, 다, 다, 다,로 끝나잖아요 그 다, 다,로 끝나는 문장들을 저는 읽었던 거예요 사람들은 제법 귀를 기울였고 일부는 행사장에서 나눠 준 음료수를 마셨어요 잠깐씩 핸드폰을 흘끔거리는 이도 있었으나 대체로 예의 바르게 긴 낭독을 들었어요 저는 소설가도, 이 소설의 지은이도 아니기에 지금 낭독에 대한 기분은 의외로 단순했고 반면 묘한 책임감을 가졌어요 사람들의 속삭이는 소리가 들렸어요 또 비가 올지 몰라 이상한 날씨야 너무 맑고 이상한 날

씨 햇빛이 강해지느라 사람들의 표정에 그림자가 졌어요 소설의 원작자는 중견의 작가였고 나름 이름났지만 책을 팔아 번 돈보다 상금으로 번 돈이 더 많은 이였어요 대사도 없이 거의 지문뿐인 소설인데, 다행히 낭독 속에선 글자가 주는 긴장감은 사라졌어요 긴 시간의 흐름이 짧은 몇 십 분의 다, 다, 다, 소리로 흘러갔어요 아니 결코 짧진 않았지요 전부 낭독하기엔 어떤 소설도 긴 것이니까요 짧으면 안 되어요 짧아서는 안 된다는 생각은 뭘까요 시도 에세이도 연설문도 아닌 소설이어야 하는 이유 뭘까요 다, 다, 다, 때문일까요 있었다 보았다 작았다 울었다 무서웠다 궁금했다 달려갔다 쓰러졌다 돌아왔다 먹었다 멀었다 삼켰다 뜨거웠다 썼다 지웠다 있었다가 없었다 집중된 얼굴과 어디 먼 곳으로 떠난 눈빛 다, 다, 다,가 그 모두를 긁었어요 **나는 그것에 대해 글을 써야 했다 그것은 누군가에겐 고집이었고 나에겐 믿음이었다,**라는 마지막을 읽을 때까지 제 입술은 자동화기처럼 돌아갔어요 의도도 감정도 사라지고 중간중간 속삭이는 소리 더 잘 들렸어요 비는 오지 않을 거야 괜찮아 오늘 내릴 건 다 내렸어 저는 읽으면서도 다 듣고 있었어요 햇빛은 구름 사이로 갈라져 좀 더 세밀히 침투했어요 제가 길게 늘어놓은 오후의 구

석구석으로 말이에요

코치

네가 배트를 숨겼니? 내 유일한 뼈
눈뜬 나를 다시 가라앉히는 손길
밤마다 있었어 사랑한다
그런 말 잠결에 들은 것 같아

네가 내 시간표를 지웠니? 계획도 없이
아침 먹고 꿈, 점심 먹고 꿈, 저녁 먹고 취침
일인용 침대엔 매일매일 누구도
옆에 없었는데
나는 왜 항상
너를 알고 돌아눕는지 다리를 뻗는지

네가 내게 들어왔니?
들어왔다 나갔니?
우리 다른 날에 태어나
평생 같은 옷을 입었구나
너의 냄새가 나 너의 느낌이 나

아침마다
흙 묻은 잠옷을 세탁기에 넣었어

형이 천천히

우주여행
떠난 날이야
형은 말했지
천천히 천천히
천천히 가거라

우주를 난 몰라
우주는
검다
인류가 달에 가고
그런데도 난 몰랐어
형과 텔레비전을 보다
멈췄지 우리의 날들

따라 해 봐 천천히
천천히,보다 더 천천히
무지 노력해서
천천히

말 잘 듣는 아이이고 싶었는데

시계가 먼저 녹는다
똑
딱
똑
딱 떨어진다
다 늙은 중력처럼

발자국이 남는 한
우주에도 지하가 있지 형
나는 더 숨을 쉬어야 해

한 뼘 길어진 손으로
지구의 재를 만지면
나보다 어린 형
우주선에서 손을 흔든다

교실의 결석

조금 더 기다려 보자 선생은 말했지만
아이들은 대답이 없었다 창밖은 환한데 복도에 눈이
내린다
끝의 한 자리 맑다 누군가 대신 이름으로 덮은 시간
기다려 보자 아무도 듣지 않았다

아니었다 한 자리만 투명해지는
그것으로 교실이 아니었다
더 이상 교실이 아닐 때
처음으로 모두 주위를 돌아본다
바짝 자신들 앞에 다가온
사방에서 노려보는
성난 교실을 인지한다 교실은 본색을 숨기고 있었다
단 하나의 구멍만으로
불쑥

지겨워 모두 다 없애 버릴 거야
칠판처럼 입을 연다 창문처럼 숨을 쉰다
교실이 비로소 교실로 완성된다

고공 농성

응달처럼 함부로
날 내려다보지 망토인가?
아니 가오리, 범접할 수 없는 연체의 상승
굳이 내 입술 같은

어릴 적 할머니는 내게
입술이 그리 얇으니 평생 말로 부유할 거라 했지
가오리 같은 예언 하늘 보며 소실점을 찾는 것은
한층 가벼운 마음일까 가오리, 가오리 가짜 가슴

폭염의 온도계처럼 사다리를 오른다면
나는 마침내 직립을 세우겠지
하지만 오로지 가벼운 마음의 염통
가오리, 가오리는 심장이 어딨나 온몸이 두근두근
한데? 망토가 관념이면 휘날리는 게 다 울음?
가오리, 가오리 가짜 가뭄
태양 없어 물기도 없지

평생 진통제 끊지 못한 할아버지
검은 방 쏟아졌지 우수수 하얀 알갱이 가오리는

뼈가 있나 현수막은 뼈가 있나 덜덜 떨며
꼬꾸라지고 스러지고 이름들
관절 없이 부대끼나
4옥타브 목통을 울려도 가오리 가짜 가성

날개보다 먼저 납작해진 어둠 씹힌 음속
가장 높은 곳에서 먼저 깊어져 버린
가오리, 가오리 줄 끊긴 듯 날아가는
여름 내 입술 같은
쿵쿵거릴 발바닥 없어 가오리 중력을 유예하네

보고 싶은 소대장님

   잘 지내시는지요 이젠 울지 않겠지요 물론 저도 달라졌
습니다 민간인입니다 송구하게도 벌써 당신 얼굴이 가물
가물합니다 일그러진 표정만 군번처럼 기억합니다 나는
더블백을 메고 전방을 오른 막내 손톱을 뜯던 청년이었
죠 그러나 당신이라고 뭐 달랐을까요 푸른 견장 별 차이
도 없을 또래 우두머리 되어 그저 열심이었던 거지요 무
얼 해야 할지 몰라 더 열심히 걸어간 거겠지요 동북단 가
파른 철책 당신을 따르며 죽도록 쫓으며 나는 쓰러지고 토
악질을 했죠 죄송합니다 죄송합니다 울먹였죠 당신은 갓
부임한 인자한 간부 조금만 참으라고 적응할 거라고 자신
을 믿고 따르라고 말했지만 들리지 않았어요 그러나 제겐
당신뿐인걸요 소대장님 왜? 소대장님 왜? 왜? 제가 앞장
서겠습니다 뭐? 제발 저 먼저 가게 해 주십시오 걸을 때마
다 무언가 잡아당깁니다 뒤에서 저를 잡는다 말입니다 줄
줄이 늘어선 누런 경계등 암울한 길의 놀라운 윤곽 사람
없는 소리가 철책을 흔들었어요 포복처럼 필사적으로 바
닥처럼 황망하게 멀어지는 불안 등덜미를 잡았습니다 자
꾸 당겨 돌아보면 어지러운 낙차 당신도 어쩔 수 없었겠
지요 있습니다 내 뒤에 우리 뒤에 있습니다 도대체 왜 그
래, 너? 왜 그러냐고? 미친 거야? 미쳤냐고? 당신은 그때

85

울었어요 울고 말았지요 기나긴 철책을 무시하며 경계는
우리를 쉽게 넘어가는길…… 더 이상 진실도 거짓도 아닌
무엇을 보지 않습니다 이제 민간인이고 예비군이고 거짓
도 진실도 부끄럽지 않습니다 열심히 앞서가던 당신의 의
무 뒤돌아봐야만 하는 참혹한 책임 저는 사회에서 당신의
눈물을 떠올립니다 보고 싶은 소대장님 이 글이 어린 날
의 위문편지 같으면 좋겠습니다 마주하지 않아도 발을 맞
추지 않아도 경계에 선 누군가 안녕하기를 울지 않기를 바
라는 마음이 진실입니다

비영리단체의 단체 회식

노래했다
돌아가며 모두
평등하게

우리를
바라보는 얼룩
어떤 멜로디에도
박자를 타지 않는

냄새난다 우리
아무리 고귀해도 남는 회한처럼
신도 암내가 날까

저기 누군가 서 있어요
보여요?

수십 곡 반주만 흐르고
그동안 약을 먹은 여학생
그런 얘길 들은 적 있다 영원히 남아
훌쩍이는 십대라니

1시간 40분 동안 훌쩍거렸다

우리는 왜 우리인 걸까 다 다른 노래를 불러도, 2절을
생략할 줄 아는 예의?
마구 달려가는 저 가사처럼, 우리는 음절로, 나란히 또
나란히 쫓아갈
지난 항목, 사라질 줄 몰라 오래 쌓인 제목

아까부터 뭘 적고 계세요? 회식 자리에서도 그리 사색
하면
정말 그렇다면
패 버리고 싶잖아요

일과 후에도
단체로
귀신 보고
달이 지구에 가장 가까웠던
그믐이었다

땀 흘리는 외국인은 길을 알려 주자

고우 스트라이트? 고우 스트레이트?
단어를 잊은 나는
쭉이라 했다 쭉
가라 그대
가시오
쭉

둘러말할 것 없이
그러니까 비유 없이
나는 실패했다 외국인과의 대화
그가 헤맬 길은 잠재된 우울
타인의 향방이 내 귀갓길을 작성한다

경찰서 사거리의
공익성과 대표성과 방향성이
왜 지금 중요한지
언제 중요치 않았는지
평생 쓸 일 없는 수학 과학도 배웠다
거리를 이제 마음보다 머리로
독도법으로 익히고 가라

두루뭉술한 추억은 떠나라

잘못된 거리를 땀 흘리며 걸어가는 이방인들 나로부터
샤샤샤 흩어지고

나는 중심으로 섰다 어쨌든
너라는 방향 손가락 든다 불과 몇 미터 앞
모를 외모, 모를 색깔, 모를 냄새, 혼절한 동서남북에게,
국내외 이슈를 확인하고 햇빛을 나라마다 분류하듯 비유
도 없이 타자도 없이 내 귀가 길을 때린다 기교도 없이 새
소리도 없이 가라고 가세요 가 겨우겨우 친숙할 그대여 믿
지 못할 나를 복기하고 복구하며 고우 고우 쭉 쭉

•땀 흘리는 외국인은 길을 알려 주자: f(x)의 「Hot Summer」에서.
•샤샤샤: "shy shy shy". 트와이스의 「CHEER UP」에서.
•내 귀가 길을 때린다 기교도 없이 새소리도 없이 가라고: 김명인의 「동
두천 Ⅳ」에서.

상사의 코피

사무실은 완공됐다 사물과
사무가 숨을 멈춘 지 오래
있을 것들이 있던 것들로
평형하다 기울지
않는다 사무실

상사가 코피를 쏟기 전까지의 일이다

확 토하듯
쏟았다 거의 뿜었다
와이셔츠가 붉게 젖었다 코피 외에는
하얗다 사무실의 창백한 면모
처음 깨달았다 상사의 코피로

처음 들끓었다
사물과 사무들 우르르
서랍이 열리고 캐비닛 튕기고 서류가 날았다
적색 적색 적색경보
웃음소리처럼 터져 나왔다 나도 비명을
웃음소리처럼 터뜨렸다 적색 적색

이곳은 심장이었나 좌심방이거나

우심방이거나 쿵쾅 쿵쾅

적색 적색

좋은 날 이게 무슨 꼴인지, 어질한 상사는

연말이었고 우리 팀 한 해 실적은 굉장했다

해냈다 해냈어 두산이 해냈어

회식 내내 상사는 올해의 우승팀 두산 베어스 노래를

불렀는데

(나는 한화 이글스 팬이고)

다음 날 코피를 쏟은 것이다 회장님의

특별 보너스까지 받고도 쏟은 것이다

사무와 사물들 뛰기 시작한 것이다

심장처럼 자라나거나

죽어 가거나

해냈다 해냈어 흔들거리고

내 입꼬리 따라 흔들리고

상사는 심장만큼 붉어져

핫슈 먹은 듯 취해 코피 두 손에 받으며

생명은 우습게도 완공을 거부하였다

세무사와 함께 공원에 갔어

자전거를 이해하고 십 년 두 발이 난감한 지 또 십 년

선생님 그만 와도 돼요 애써 말하지 않아도 돼요 남겨
둘 게 이젠 없어요 이게 우정은 아니잖아요

세무사는 그래도 오늘이 참 중요한 당일이라고

아이스크림 가게를 찾아 헤매는데

나는 세무사의 등, 지난 사계를 보며

아 오늘이 그날인 건가 그날이라 함께하고 그날이라 기
억해야 하나

아이스크림 사지도 못했는데 세무사는 그네를 타며 날
아올라

믿지 않아도 좋아요 난 체코에서 산 적 있어요 체코에
서 결혼하고 체코에서 서류를 뗀 적 있어요

나무는 과거를 뿌리로 은폐하고 줄기로 보상하고

세무사는 자꾸 오늘이라며 솜사탕을 찾아 넓지 않은 공
원을 돌고 또 돌고

이제 그만하려 해요 오래 혼자였어요

내 애길 듣지 않고 솜사탕 대신

비를 버린 구름 아이를 놓친 풍선 세무사를 흔든 그네가
오랜 버릇으로 운동

평생 따뜻할 바퀴살

당신과 저녁을 숨겼던 공원

세무사와 걸었어 성큼성큼 석양이 아득하고

먼 하늘로 구름과 아이들이 몰려가고 새가 떠나고 세무
사가 잠깐 울었나 어떤 날은 다 인연일까

아니에요 아니에요 강조해도 깊이 나의 한 시절을 기억
했다

이케아

아빠가 아이를
업고 간다 아니
아이가 아빠를
밀며 간다 아니
안고 간다 아니
타고 간다 아니
엉켜 있다 아니
인간이다
인체다
인형이다
기성품이다
조합된 장치다 아니
풀어도 달그락
풀려도 달그락
달그락 소리 괜찮아
남아 있다 부속
매뉴얼에서 꺼낸다
혹 나를 놓쳐도
우리는 생각보다 많다

술탄 오브 더 디스코

기조 없는 아스팔트
맑게 앞으로 가는 바퀴
자꾸 대항하는 마음
작동하는 복고
작년과 같은 바람이 분다고

흔들려서
나는 중심이고
바퀴는 싱싱한 스파크
터지는 실내의 디스코
오랜 후에야 귀에 닿은 비트
바람 뒷 바람 뒷 바람 뒷 바람

맑은 날 헬멧을 쓴 아이들 절대 닿을 수 없는

스팽클이 있어 반짝임도
규격이 있지 미학이 있지
위대한 선지자의
가장 앞선 엉덩이
그것을 잡아

잡고 잡고
열심히 꿰어 낸 대열
금목걸이처럼 풍성한 연결
엉덩이 방뎅이 궁뎅이 스팽클
여기 있는 둔덕들 다 꼰대 앤 변태

우린 완벽했다

헬멧을 쓴 아이들과 미지의 것에 웃는 저 에미애비 절대
로 절대로 닿을 수 없는

바람을 품은 폭발
달의 자국
우주적 완성
뱅뱅 미끄러질 듯 미끄러질 듯
공전하는
복고의 체계
미래보다 먼저
완성된 바람

제5부

교통안전표지판—보행자전용도로

　아빠 내 남친 철수가 어제 영희에게 삔을 줬어 은색 구슬이 박힌 커다란 머리삔 나는 보고 말았어 치가, 치가 떨려 난 배신당했어 그것들이 나를 갖고 놀았어 아빠/아가야 빨리 길을 건너야지 파란불이잖니 한 손은 나를 잡고 한 손은 번쩍 들어 그렇게 하는 거야 학교에서 뭘 배웠니/엉터리야 학교도 선생님도 다 엉터리야 저기 봐 슬금슬금 머리를 들이미는 차들 철수만큼 부도덕해 아빠 나는 이렇게는 못 살아 이런 엉망진창 세상 참을 수 없어/어서 가자 저기 인도로 가자 인도로만 걸으면 돼 인도는 안전해 튼튼해 철수는 못 믿어도 인도는 믿어야지 인도란 말 얼마나 좋니 인간의 길이라니/영희 고년이 보란 듯 머리를 흔들어 대는데 삔이 번쩍였어 막 막 번쩍였어 그 얍살한 거 쬐그만 거 찌릿한 거, 눈을 찌르는데 꼴 보기 싫어 너무 싫어서 빛살을 확 잡아 뜯고 싶었는데, 잡으려 하면 사라지고 잡으려 하면 없어지고 그러다 또 혀처럼 낼름거리고/아빠 손 꼭 잡어 놓으면 안 돼 철수 따윈 잊어버려 갠 그러다 차에 치여 버릴 거야 너는 나와 함께 인도로 가면 돼 사람답게 걸으면 돼 그리고 그 입 좀 닥치면 돼/하지만 아빠 저기 차들이 빵빵대잖아 지들 시간도 아닌데 함부로 빵빵, 빵빵대잖아 못 살아 아빠 나는 못 살아 이런 세

상 어찌 살 수 있겠어/

문학의 밤

교회와 문학의 관계를 모른 채
초대받았다 너를 찾아
두리번두리번 낄낄거렸지만

멀리서
수많은
네가 노래하는 걸 봤다

사람들 사라지고
공간이 비고

빛이 있었다 너로부터
빛이 개시하고
새벽을 깨우고
하나님을 만들고
암흑 속으로 내가 미끄러졌다

무수한 십자가
별과 별로 이어지며
모든 이야기 수놓아도

암흑을 헤매는 내내
너는 노래로 맴돌았다 어떤
예언이 될까 두려워 나는

교회에서 나눠 준 티슈로 코를 풀며
홀로 객관이 되어 갔다

0

　영, 나의 사랑, 너를 내 코끝보다 가까운 존재로 느낄 때, 내가 너를 완전히 이루어 낸 이때, 창문 너머 거꾸로 뜬 너를 본다, 배반을 도모하듯,

　수직으로 이동하는 너의 두 눈, 흠칫 나를 발각하는 일순, 초상화에 담긴 링컨의 눈동자, 빨려 들 듯 낯선 그 느낌, 네가 추락 중임을 깨닫는다, 나를 떨구며 밑으로 밑으로, 이건 옳지 않다, 영, 내 사랑하는,

　영, 너를 시작이라 믿어, 분명했다 면과 높이, 입체로, 그린 사랑, 애정 외에, 무엇이 너를 움직이게 하는가, 너는 왜 숨 쉬는가, 너를 해석함이 수학의 정석만큼 깔끔했다, 두꺼운 해답지, 의심 없는 세계, 너와 나는 하나 될 수 있다, 사랑은 그렇게 발상하는 것, 실크로드처럼 매끄럽고 선연하게,

　56이라는 자연수와 이승엽이라는 사내가 마주칠 때, 짜자잔 들끓는 단순 기록의 파워, 옛 공룡의 살뜰한 노동이나, 어느 신생 인류의 복잡한 성적 취향 따윈, 전부 무색한 여기, 역사의 역사, 영, 너와 나의 사랑이 권리를 얻었다, 믿었는데,

영, 어떻게 내게 끝을 말할 수 있는가, 네가 최후였다니, 그렇구나, 공허가 너의 정답이구나, 미지수 x는 멋대로 음양을 오가고, 너는 시작도, 중심도 아니었다, 영, 너는 자신을 무($無$)로써,

이소룡이 괴조음과 일그러진 표정, 쌍절곤으로 영원하듯, 영, 너는 너를 관념 속에 묻으려 하고 있다, 어차피 죽음이란, 누구도 헤어날 수 없는 매력 포인트, 결국 너는 차디찬 바닥이었다, 그럼 내가 너를 용서해야 하는가, 사랑의 끝이 너의 의미라고, 그렇게 인정한다 해서,

모래시계에 모래 가득한데
쌓인 만큼 사라진 것,
영,

너는 지금 너의 태생으로, 떨어져 내리고, 떨어지고, 있으니,

짧게 스친 후 스스로 발산되는 영, 반짝이는 영, 너의 두 눈이 타계($他界$)의 빛을 띤다, 두렵다, 너를 갑자기 알아 버린 순간, 나는 여전히 모른다,

너는 다만 추락한다, 그렇게 말해 보며, 내 폭력을 성급

히 끝낼 뿐, 영, 나를 용서하겠는가, 저 바닥에도, 시체는 보이지 않는다, 창문 너머 시커먼 밤이 너의 궤적을 삼키고, 존재들은 자꾸 투명해져, 나는 이제 수천 년의 말을 잃는다, 영, 나의 사랑하는, 영,

그리고,

수색 참가

―

　나는 가요. 간다고 했으나. 그녀는 전화 앞에 있다 유일한 안부. 저녁마다 외출했다. 개는 왜 낮에 잠만 자나. 울대를 물린 듯. 그녀가 고개를 휘저었다 아니라고. 번쩍. 번쩍이는 후레쉬. 밝은 날 보지 못한 새까만 곤궁. 상처만큼 환한. 모두 뒤져 빈 병을 찾았다 알코올 냄새. 나뭇가지를 밟고 말해 봐 말해 봐. 짐승은 밤에 만나지 가장 작고 깊은 곳에서 건져 낼. 두 다리가 멀쩡했다 아빠. 다녀올게요 이웃집에 뿌연 고기 연기. 식욕 하나 없이도 침은 고여. 갈구하는 개처럼. 박 씨 나도 가네 갈 것이네 이제껏 오지. 않았어 가지 않았다 나도 알아 한잔하게. 버려지고 늘어진 노래 취했다. 휴가를 주겠네 한 달간 할 수 있나. 대답하지 않았다 안부란 결국 침묵임을. 하지만 소리가 났어 달려가잖아. 아빠 여름이에요 여름. 원색은 수풀에 점점이 녹아 있다. 반팔을 입기엔 날이 추운데 아빠 이거 보세요. 내 얼굴이에요. 전화할게 전화할 것입니다 기다려 우리 집에. 어둠이 이리 많다니 빈 전화기에 귀를 대고. 창문에 들러붙은 연약한 햇빛 그녀는 안쪽으로 하나 되고. 나는 희망으로 헤쳐 간다 바깥. 이보게 잠깐 쉬게. 저녁을 먹지 않았는데. 배가 불러 번쩍이는 틈새마다. 모두 낯설고. 웃거나 지껄인다 가요, 가라고. 나갔다 남겨 두고 어떻

게 모르는 개가. 아지랑이처럼. 꼬리를 친다 번쩍이는. 희
망. 으르렁 으르렁.

짱구는 못 말려

—

　　머리를 감을 때마다 머리카락이 뭉텅이로 뽑혔다 팬티
를 벗을 때마다 음모가 후두둑 떨어졌다
　　손발톱이 바닥을 뒹굴 때 오 나는 너무 어리고
　　미숙하다

　　대신할 게 너무 많아 밤사이 상상을 꾸었다 미숙하여
　　세상은 껍질째로 부서졌다
　　그래도 내일은 내일의 태양이
　　모닝 똥처럼 밀려 나오리

　　타조처럼 얼굴을 땅에 묻고
　　엉덩이로 바라보니
　　세상은 말끔하게 사라졌다
　　멸망은 매번 있었다
　　이것은 뭐니?
　　납작해진 젖꼭지요
　　짓뭉개진 매머드의 코요
　　냄새나는 꼬추요

—

　　내가 유치원에 갈 때마다

너는 슈퍼에고야, 부드럽게 말해 주는

엄마 같은 객관이 있었다

원아들 사이로

바람이 불 때마다

나의 뒤짱구가 서늘했다

창 너머가 번쩍 멀어질 때 멸망은

내 생일보다 빠르다

너는 이드야

너는 오이디푸스야 하지만

나는 미다스다 하루 종일

가면으로 액션을 하면 밤이 우당탕 미끄러지고

유쾌한 친구들 번쩍

유쾌한 종말이 번쩍

모두 금(金)이 되었다

장면도 금으로 고착! 아직

화장실 휴지 사용법을

모른다 나는 아직 미숙하여

머리가 벗겨지고

저승꽃을 피웠다

천변 요양원

본 적 없지만
너는 매일 내게 왔어
화분의 꽃들 바뀌고
오래된 음악이 넘쳤어
조청처럼 달짝지근하게, 무겁게
찰랑이고 차오르고
나를 덮었지 따뜻하게 턱밑까지
덮쳐 왔지 고요해서 잠이 오고 잠들어서 고요한……
네가 없다면 나의 내일도 없지만
네가 있어도 나의 내일이 없네

너에게 받은 것들 모두 돌려주었으면
변제하는 기분으로
복수하는 기쁨으로

음악에 꾸벅이다 눈을 뜨니 저녁
텅 빈 창을 더듬으면 마른 하루가 얼룩졌지
기슭의 사슴이 말가니 바라보다 사라졌어 점프
점프 저 꽃무늬에게 어떤 혐오가 있어
숲의 끄트머리마다 이빨 자국을 새겼는지

영원히 씹어 대는 초식된 자로서
나는 커서도 울었지 아이처럼
배고프진 않았는데
만찬을 바라지 않았는데
그저 오래 앉아 있었을 뿐

배신할 수만 있다면
너에게 줄 것 주고 모두 다 주고
와장창
엎을 수 있다면

좋겠다

놓친 것이 모두 생명은 아니지만
뒤돌아보면 하나같이 부푼 얼굴
버린 손짓들 잠결에 떠내려와
천변에 쌓였지 지하 식당의 음악처럼
홀로 웅장히 소모되는 하루
그저 너무 오래 앉아 있었던 거야

블루클럽

—

　엄마가 보이지 않습니다 밤새 머리 자라는 게 느껴집니다 나는 나의 터럭에 책임을 느낍니다

　어제부로 월세를 냈습니다 나는 이 방의 주인입니다 쉴 곳이 정해지니 스타일이 정해집니다 방은 거울처럼 과장이 없습니다 섬세한 손길은 이제 필요 없습니다 엄마는 나의 속도를 이겼고 나는 엄마의 외탁을 이겼습니다 친족처럼 단순해지겠습니다
　단단해지겠습니다 미용 의자처럼 상하로 동작하겠습니다 커트보 위의 달뜬 얼굴
　대가리로 존재하겠습니다
　상징이 되겠습니다

　뒤통수를 닮은 남자들이 사각의 방에 입장합니다
　직전의 속도로 남자들은 팽팽합니다 가만히
　가파르게 말라 갑니다 푸른 기호가 됩니다 이곳은 얼마입니까? 교환가치가 있습니까? 물음표처럼 날카로운 침묵을 나는 이해합니다 바리깡을 보면 무덤이 떠올라
　찔끔 오줌이 마렵지만
　무엇도 흘리지 않습니다 다음번에도 오래 머물 수 있겠

—

습니다 한 꺼풀 벗겨질 수 있습니다 샴푸는 혼자서도 할
수 있는 작업입니다
　입과 눈만 닫으면

　나는 어제부로 월세를 냈습니다 다달이 방에 남아 친
족의 주인입니다 다정한 가위질 소리도 내내 훌쩍이던 초
침도 모두 시침 속입니다 하루를 감내한 시침이 또 한 번
꼿꼿이 일어서고
　엄마

　엄마 없는 속도가 시작되어요

예술

나는 악기인 줄 알았는데
악보였어 물결 없는 늪

생일날 하모니카 선물 받았지
음악 재능 없어 하모니카는
내 어린 벽에 걸려
틀니가 되었어 히히히 바보같이 웃는

괜찮아 너에겐 마음이 있잖아
선생님 고마워요 그러나 마음이나마
청각이고 싶었어요 피아노 건반
높고 아름다운 성벽 같아

갇힌 식물들 나이만 먹어
시체로 늪에 떠올랐어
쌓이어 편편해진 노래
울림도 없이 넘침도 없이
빽빽했어 검은 이빨
향기 없는 콩나물

초현실적 꿈처럼
멍해진 아이처럼
소리를 덧칠하며
오래 봤어
나, 보기만 했어

제6부

선물 상자 고르기

1.

더 성장할 수 없을 때
선물은 박스가 된다
이제는 증명할 때라고
리본을 몸에 매고
머나먼 능선을 향해
떨어진다 번지점프처럼
애인 있습니까 있습니다 정말 있습니까 있다니까요 그럼
이름을 크게 외치세요
애인의 이름으로 당신을 새기세요

2.

상자를 열기 전까지
고양이는 슈뢰딩거의 생사이자 희로애락
네가 관찰할 때만 존재한다 선물은
너에게 압도된다 너는 선물을 장악한다

박스가 있고 박스 안이 있고 혹은 박스보다 더 깊은 곳

마치 악기 같은 울음의 내부가 있다 해도 결국 무엇이기에 모두 선물이 됐나 너와 어디서 만나고 교차하나 어디까지가 나의 흐름이고 어디까지가 너의 확답인가 이곳은 종착지인가 출발지인가 기념일은 양력인지 음력인지 불기나 단기는 왜 아닌지 이제 선물 전달식을 갖겠습니다, 해도 자타(自他)는 자꾸 어긋나고 나에게서 너에게로 줄 수 있나 주게 되나 줄까 말까 너에게 줄까 너에게 준다 정말이다 주렁주렁 눈을 달아도 상자란 결국 거대한 입

벌리고 열리고 드러나고
제압당한다 오직 너의 손으로 해체되는
내가 세운 세계 수렴청정하는
선물은 오직 너다
너에게 입부터 먹힌 거다 나는

3.

정처 없다

4.

우리로 가득한 날들도 있었지
너와 내가 한 방에 폭 담겨
하나의 좋은 제품이던 시절 정말 있었다

너는 언제 나를 떠났나?
쥐도 새도 모르게
공개된 오늘의 방은 절벽

홀로 외로이
내가
낭창거린다 허공에
흩어지는 아 붉은 리본

등고선

그대와 내가 선 곳

강원도 고랭지

배추밭이었죠 아직도 가장 낮은 온도를 찾는 풍습

신기하기도 해요 풍성한 한반도 푸른 머리들 헤치며 걷
는 그대와 나

밖으로 풍력발전기 돌고 저것은 풍차가 아닌지 네덜란
드에서 온 건지 배추란 중국 백채에서 왔다는데

이제는 Kimchi Cabbage로 등재된 한국 고유의 것

우장춘 박사의 애국 개량 덕분이라

설명하며 그대는 반말했어요 알겠니? 이해했니?

나도 그대에게 응 그래! 알겠다! 배춧잎을 뜯으며

시간 갈수록 가장 신선한 관계의

발효를 생각하며

고랭지에서

우리는 짧아졌어요

내 키가 연륜 없이 졸아들어

대지에 엎드리고

돌아보면 상반신으로 기어 오는 그대

푹 절인 입술과
입술
소금쟁이처럼
가장 가벼운 고도에 떠 있네요

도루코

갈라진 가뭄의 대지 위를 걸어가는 거북이 위로 기어가는 달팽이 개천의 방향을 바꿀 순 없습니다 그것은 나의 일이 아니다 평일의 일이 아니다 그것은 고대의 일 공룡의 일 고분벽화의 일 용인 경안천을 따라 걸으면 보게되지 도루코 공장 퇴근하는 아주머니들 칼날을 잔뜩 얻어 돌아간다던데 새장의 새가 홰를 치듯 선뜻 하루가 지난다 나는 불안합니다 불안하지 않습니다 이봉주의 42.195킬로 수염을 기억한다 나아갈 길과 달아나는 경계 다듬지 못한 숨이 골을 향해 봉사됐다 결승선을 끊자 다시 시작되는 마라톤 중요한 면접에선 절대 남의 말을 끊지 말 것 말을 더듬지도 말 것 그러나 더 중요한 건 털 없는 미소 털 없는 아내처럼 지하철에서 맡는 중년남의 깔끔한 구레나룻 냄새 불안합니다 불안하지 않습니다 개천의 흐름이 느리다 개천이 나보다 느린 평일을 걷는 것은 총검의 날을 갈지 않는 것과 같다 너무 날이 서면 오히려 부러진다 나날의 단단한 본분 내가 기른 나 그 무게로 화이바를 뚫어라 고등학교 때 처음 산 면도기 빈 종이에 무작정 제목부터 적듯 첫 수염을 그렸다 그 후로 줄줄 컷과 컷으로 이어진 글귀, 좁은 날갯짓 티슈에 스민 피 마음 쓰다듬는 대신 깎는다 깎아 벼려진 걸음 단련하여 삭제된 아픔 내가 이

토록 세련해지는 동안 도루코 공장은 멈추지 않았습니다 수십 년간 군납했습니다 하루를 지워 하루를 견딘 군인은 무한한 잠재 고객 잠재된 뿌리를 위한 나날이 탁시근 회장의 경영 철학이었습니다 시근시근 수직으로 시근시근 걷는다 개천을 따라 개천을 밀며 황야의 덤불 괴물처럼 씹어 먹는 거북이 귀신처럼 들러붙는 달팽이

●탁시근 회장: 도루코 창업주.

위태로운 주체와 절대적 풍경의 경이

이병국(문학평론가)

내부의 본질을 생각하는 정신

사건은 이미지에 선행한다. 물리적 경험은 그것을 사유하고 기록하는 것보다 먼저 일어나며 언제나 사후적으로 의미화된다. 이를 가장 잘 보여 주는 장르가 사진일 것이다. 19세기 들어 니엡스가 8시간 노출을 통해 얻어 낸 이미지를 거쳐 1838년 다게르가 '탕플대로'를 담아내면서 새로운 감각, 저장 매체인 사진이 탄생하게 되었다는 걸 우리는 안다. 사진은 기술의 발달로 인해 누구나 쉽게 휴대, 적재, 보관할 수 있게 되었으며 다른 무엇보다 손쉽게 접할 수 있는 매체가 되었다. 그러나 사진에 관해 우리가 간과하고 있는 사실 중 하나는 사진으로 담아내는 외부 세계는 언제나 그것을 바라보는 이가 포착한 경험의 한 부분이며 그것은 어떠한 방식으로든 이상화된 심리적 감각을 재현한다는 것이다. 다시 말하면, 수전 손택이 『사진에 관하여』에서 말한 바와 같이 사진을 찍는다는 것은 사진에 찍힌 대상을 전유하여 자기 자신과 세계가 특정한 관계를 맺도록 만드는 일이다.

이는 시가 세계를 재현하는 방식과 유사하다. 시 역시 경험을 통해 그것을 사유하고 기록하는 과정을 통해 의미를 획득한다. 이때의 의미는 시적 주체가 시적 대상을 전유하여 형성된 관계를 통해 구축되며 긍정이든 부정이든 특정한 심리적 감각을 재현함으로써 시를 읽는 이의 눈앞에 펼쳐 놓는다. 물론 사진이 현실을 그대로 보여 주는 투명한 무언가가 아니듯 시 역시 직설적으로 발화하지 않는 방식으로 투명함에 대한 기대를 배반한다. 세계를 관찰하고 포착하여 표현하는 행위는 순간을 특권화하여 상징적 메시지를 전달하는 데 알게 모르게 기여한다. 롤랑 바르트식으로 말하자면 이데올로기적 신화를 만드는 기호로 작용할 수 있는 것이다. 그런 위험에도 불구하고 시인은 자신의 시가 발화하는 의미에 대한 권력을 주장하지 않기에 안정된 의미 작용을 거부하며 텍스트를 교직하는 활동에 몰두할 수 있게 된다.

사진이 그러하듯 시 역시 대상을 단순히 재현하는 것이 아니다. 오히려 대상의 한 형태를 관찰하고 포착하여 표현하고자 하는 시인의 의식을 통해 그것이 추구하는 욕망의 기원을 살핀다. 그럼으로써 코드화되고 관습화된 세계의 맥락 속에서 사적 반응으로서의 풍크툼을 분리해 내어 개별적 존재의 삶과 그 삶의 물리적 환경과 그로부터 비롯된 정동의 변화를 탐구케 한다. 시적 주체이자 시의 행위 주체인 화자는 대상과 대상을 둘러싼 세계를 응시하고 이를 전유하여 상상적 '나'를 실재적 '나'의 자리로 이동시켜 사유할수 있게 된다. 하지만 알다시피 풍크툼은 쏘이고 베이는 강렬한 경험이라서 유쾌하지만은 않다. 오히려 무언가에 속박된 자신을 발견하고 불안과 부정으로 존재를 침잠시킬지도 모른다.

그런 점에서 이효영 시인의 첫 시집 『당신은 점점 더 좋아지고 있습니다』의 제목은 아이러니를 불러일으킨다. 그럼에도 그렇게밖에 말할 수 없는 것은 저 문장을 건네는 행위 속에 담긴 진심 때문이리라.

이곳이 아니듯 나도 아니고

이효영 시인은 「시인의 말」에 이렇게 쓴다. "당신이 쓰고/나는 읽는다." '당신'과 '나'의 위치가 바뀐 듯한 이 문장은 문학의 존재 방식을 여실히 보여 준다. 쓰는 이와 읽는이가 작가와 독자로 명확히 구분되는 일은 그것이 텍스트를 경유한 생산-소비 관계에 제한된 층위일 따름이다. 오히려 작가가 쓴 텍스트는 작가의 손을 떠나 독자에게 닿으면서 독자의 경험과 사유, 상상력을 거쳐 작품으로 변모한다. 풍크툼으로서의 문학이라고 할까. 물론 앞의 저 문장은 다른 의미일 수도 있다. '당신이 쓴 세계를 내가 읽고 쓴 것이다.' 시를 쓰는 행위 주체로서의 시인은 자신의 시 안으로 침투해 오는 외부 세계 즉 '당신'을 포함한 외부의 경험 세계를 읽어야만 하나의 이미지로, 서사로, 프레임화하여 펼쳐 낼 수 있다. '나'와 '당신'이 교차하는 이중적 수행, 그 모종의 혼란을 감당할 필요가 있다.

용서해야지, 한다 봄이 오면 버릇이다 놓아줘도 되지 봄 이니까 그러나 한낮을 걸어도 마주치는 이 없으니 나 무엇 을 용서할까 울고 떠난 나만 꽃잎으로 날린다 나로 분분한 봄이야 또 시작이야 내가 무릎을 꿇고 내가 감사하고 내가 노래한다 내가 음식을 차리고 내가 낭비한다 용서하고 싶은 데, 용서할 놈이 어딨니 봄날은 작년처럼 환하여 나는 또 나 를 보낼밖에

—「가족」 전문

이번 시집의 제1부에는 여섯 편의 「가족」 연작과 연작으 로 볼 수 있는 다른 제목의 시 한 편이 실려 있다. 먼저 첫 번째로 실려 있는 「가족」의 정황을 톺아본다. 이 시의 시적 주체는 "용서해야지"라고 다짐하지만, 용서할 대상이 존재 하지 않는 상황에 놓여 있다. 의도는 있으나 실천할 수 없 는 정황으로 인해 시적 주체의 시선은 자기 자신에게 향한 다. 알다시피 가족은 '나-너'의 공동체에 기초하지만, 이 시 에서 주체인 '나'는 '너'를 감각하지 못한다. 물론 다른 시편 에서 '우리'라는 시어가 쓰이고 '아빠'와 '엄마', '아이'라는 대 상이 존재하지만, 그들이 관계를 맺는 장면은 보이지 않기 때문에 '우리'로 포괄할 수 있는 대상은 존재하지 않는 것처 럼 읽힌다. 오히려 '나'의 시선에 포착되는 것은 "빈 식탁"

과 "흰 식탁보에 빨간 팬티"로 형상화된 "먹고/누고/씻고 나서도/얼룩덜룩"한 공간(「가족」), 그리고 그 공간을 스쳐 간 시간의 얼룩뿐이다. 요리하는 와중에 "위험한 물건을 다"루면서 외치는 소리 역시 가닿을 대상이 부재한 상황이라서 섭취와 배설 모두 혼자서 수행될 따름이다(「가족」).

이처럼 대상의 부재로 말미암아 실현되지 않는 시적 주체의 행위는 역설적으로 '가족'이라는 실재를 환기한다. 무엇을 '가족'이라 부를 수 있는가. 알다시피 '가족'은 사회와의 상호작용을 통해 만들어진 구성적 실체로서 특정한 가치를 기반으로 한 이데올로기로 작동한다. 이는 다시 사회생활 전반으로 확장되어 지배 이념의 기능을 수행한다. 그로 인해 구성원의 개체성은 삭제되거나 사랑과 보호의 대상으로 전락하게 된다. 자연적이고 불변의 가치를 지닌 '가족'이라는 통념은 정상성의 위계가 되어 개인을 억압하고 타자를 배제하며 차별적이고 허위적인 관계를 재생산한다. 그런 점에서 연작시에 구현된 이효영 시인의 주체는 특정한 대상이 아니라 구성된 실체이자 실재의 영향력을 미치는 '가족'에 관한 담론으로 인해 "생략"된(「가족」) 존재인 '나'를 응시함으로써 용서의 방향을 자신에게 돌려 위안의 가능성을 모색한다. 그럼으로써 '가족'이라는 관념적 대상을 전유하여 '무릎을 꿇고 감사하며 노래하고 음식을 차리고 그것을 낭비'할 수 있는 '나'를 발견하곤 "내일도 안녕한 당신"으로서의 '나'를 향해 "점점 더 좋아지고 있"다고 위무할 수 있게 되는 것이다(「You be good. See you tomorrow. I love you.」).

시 「You be good. See you tomorrow. I love you.」에서 읽을 수 있듯이 이러한 위안의 사유는 또 다른 아이러니를 낳는다. 이 시의 시적 주체가 반복적으로 들이는 "빈 새장"은 자신의 공간을 언제나 비어 있는 상태에 머무르게 한다. "한 쌍의 노란 새"를 가질 것이라 꿈꾸면서도 그것을 "내일"로 유예하려는 모습을 보이기 때문이다. 그러나 "통째로 삼켜 버"린 "호두"가 "먼 약속을 짊어지는 호두나무"가 되어 "나의 밤을 채"운다는 믿음으로 전유되어 '가족'에 대한 다른 양태를 꿈꿔 볼 수 있게 하는 기제가 될 것이 분명하다. 그럼에도 이효영 시인이 수행하는 '나'를 향한 '나'의 응시는 그것을 감지하는 자신과의 불일치를 자각하면서 존재론적 위기를 돌파해야 하는 위태로운 상태에 놓인다.

가파른 계단을 내려올 때, 나, 불현듯 깊다, 실체보다 무겁거나, 실체보다 빠르다, 계단을 타고 있지만, 계단보다 조금 더 앞이다, 쏠리는 각도는 전부, 갈무리하는 나,

가파른 계단을 내려올 때, 나, 비를 맞고 있는 것만 같다, 비의 한가운데 혹은, 비 자체로서, 나, 다 떨어지지 못했다, 하늘과 땅 사이, 천둥의 한 점 발현과, 만물의 진동 사이, 그 사이, 아니 비를 맞는 것이 아니라, 비의 메커니즘을 맞고 있는, 나,

실체보다 전진, 실체보다 전위, 실체보다 첨예, 가파른
계단을 내려올 때, 나는 최고로 섬세하다, 콧날이 살아 있
다, 슉 슉 슉, 각도의 숨찬 소리도 들려, 고집스레, 비에서
쏟아지는 비처럼, 나를 뚫고, 나를 덮는, 나,

가파른 계단을 내려올 때, 나, 계단을 이기며, 조금 더 가
파르다,

—「선미장식의 계단」 전문

무수한 쉼표들로 호흡을 분절시키는 이 시는 형태적 측
면에서 이미 모종의 혼란을 형상화하고 있다. 이는 불확정
적인 주체의 자기 반영이면서 존재의 분열을 이미지화한
다. 파국의 예감으로 충만한 이 시의 시적 주체인 '나'는 어
디에서 대상인 '나'를 응시하는가. 기실 "가파른 계단을 내
려"오는 행위 주체로서의 '나'를 응시하는 시적 주체 '나'의
위치는 중요하지 않을지도 모른다. 그것은 끊임없이 겹치
며 반복되는 공간이 점유하는 실정성과는 관련이 없기 때
문이며, 칸트의 사유를 경유하여 말하자면, 인간의 감각기
관에 포착된 대상으로서의 현상은 본질의 세계로 가는 통
로와 같아서 감각과 그것에 의해 만들어지는 경험을 통해
서만 참된 앎이 이루어질 수 있기 때문이다. 즉 행위 주체
인 '나'는 응시 주체이자 인식 주체인 '나'의 감각을 통해 형
성된 현상으로서의 경험이기 때문에 감각 너머를 구분하는
일은 불필요하다. 그럼에도 질문을 던지는 이유는 인식 주

체인 '내'가 포착한 행위 주체 '나'의 위태로움 때문이다. 이 효영 시인의 시적 주체는 빈 공간이 지닌 낯선 두려움을 익숙한 장소로 치환하여 사건화하면서 그 불일치의 기분을 통해 위태로운 풍경으로 환기한다. "홀로 객관이 되"고자 하는 주체를 타진하면서도(「문학의 밤」) '나'를 돌보려는 시인의 수행으로 말미암아 주체와 대상으로서의 '나'는 틈입하는 '주관'의 응시로 포착되고 통합되어 존재론적 표상으로 나아간다.

그런 점에서 「선미장식의 계단」의 '나'는 끊임없이 "가파른 계단"을 감당하는 존재로 재현되며 의미화된다. '나'는 "불현듯 깊"고, "실체보다 무겁거나", "빠르"며, "전진", "전위", "첨예"의 지위로 "계단보다 조금 더 앞"에서 "계단을 이기며" 가파른 상태에 놓인다. 같은 맥락에서 '나'는 "비를 맞고 있는 것만 같"지만, "비의 한가운데 혹은, 비 자체로서" "다 떨어지지 못"한 상태로 "하늘과 땅 사이, 천둥의 한 점 발현과, 만물의 진동 사이"에 자리한다. 이런저런 의미들로 자신을 정체화하지만 기실 '내'가 감당해야 하는 것은 '계단'의 어느 공간도 점유하지 못한다는 사실 그 자체이다. "가파른 계단을 내려"오는 행위가 멈추지 않을 것임을 짐작할 수 있는 것도 그 이유 때문이다.

끊임없이 미끄러지는 '나'는 "사이"에서 그 비어 있음을 반복함으로써 결락된 존재로 재현된다. "사이에 나는 왜 있는가"라는 질문에 답을 할 수는 없겠으나(「흑백(21㎝× 29.7㎝)」) 다만 사이'로' 존재하는 주체의 감각과 현상이 맞

물리면서 절대적 비애의 경험을 삶의 본질로 확정하는 것처럼도 보인다. '나'는 "비의 메커니즘을 맞"으며 "나를 뚫고, 나를 덮는, 나"를 엄습하는 존재론적 위기를 어찌할 수 없다. 그런 이유로 '나'는 "멀지 않은 세계/검은 모퉁이로 걸어가는" 저 가파른 '나'를 지각하며 모종의 혼란이 주는 위태로움을 삶의 기본값으로 수용해야 하는지도 모른다(「판다의 비전」).

내벽의 침묵과 외벽의 소음 사이

혼란과 불안으로 점철된 위태로움 속에서 비애를 존재의 풍경으로 지닌 시적 주체를 향해 이효영 시인은 "괜찮아요 나는 진취적인 인간, 인형이 아니에요"와(「책장」) "나는 살아남았다"는(「모나미」) 문장을 선물처럼 남긴다. "명명이 태도가 되기도 한다"는(「모나미」) 말처럼 앞에서 살펴본 '나'는 '나'를 명명하고자 하는 욕망의 기록이며 존재 증명을 위한 간절에 가깝다. "나를 모으면/내가 되"는 것은 아니라며(「창문」) 스스로 생각하는 한편에서 "확성기를 잡고/컹컹/동네를 돌며" "혀를 내민 것들"의 허위보다 "더 낮은 곳"으로서의 '나'를 벼리려는 고투야말로 주체로서의 '나'를 구성하는 실재적 조건들을 갈무리하는 준거가 된다(「컴 앤 컹」).

집에 돌아올 때까지 몰랐습니다 씻느라 거울을 보고야 알았죠 또 내 두 귀를 흘렸음을 다음 날 일찍 일어나 귀갓길 되짚으며 출근합니다 구석구석 살펴야 합니다 제 귀는 생각보다 작고 양쪽이 전혀 다른 곳에 떨어져 있을 때도 많습니다 귀 하나라도 놓고 온다면 사람들을 무슨 낯으로 보겠어요 귀가 없이 듣고 있는 저를 뭐라 생각할까요 누군가는 제 직위를 누군가는 제 이름을 누군가는 선생님 작가님 그렇게 부릅니다 그러면서 말합니다 이거 아십니까 이거 할 줄 알까요 어떻게 생각합니까 귀가 무겁습니다 떨어질 만도 하죠 혹시 완벽한 폐기 불가능할까요? 골목에서 도로에서 혹은 기억도 없는 역 근처 상가 화장실에서 저는 결국 귀를 찾아냅니다 싸구려 마술처럼 뿅 나타납니다 어느 날은 입을 흘릴 때도 있습니다 다시 찾은 입은 위아래 입술이 굳게 닫혀 있었습니다 그러면 이상하게 귀도 입도 없는 뭉개진 얼굴 모자이크 처리된 불특정 다수의 얼굴이 저는 애달픕니다 물론 그건 아주 가끔 있는 일입니다

—「에어팟」 전문

인용한 시를 제목과 연결 짓지 않고 읽게 되면, 존재의 비애를 감당하고 있는 인물의 정동으로 인해 가슴이 먹먹해진다. 반복적으로 "두 귀"를 상실하는 연약한 존재는 다음 날 "귓갓길 되짚으며 출근"하면서 '귀'를 찾기 위해 수고를 들인다. '나'는 사람들이 "귀가 없이 듣고 있는 저를 뭐라 생각할까" 걱정한다. 그들은 '나'를 "선생님 작가님 그렇게 부"르지만, 기실 "이거 아십니까 이거 할 줄 알까요 어떻게 생각합니까" 물으며 '내'가 무언가를 인지하고 의식하며 수행할 수 있는 능력이 있는지 의심한다. 이러한 의심과 의문

은 '나'를 결여된 존재로 내몰며 세계로부터 소외시킨다. 그렇게 타자화된 '나'는 "골목에서 도로에서 혹은 기억도 없는 역 근처 상가 화장실에서" '귀'를 찾지만 그렇다고 해서 분명한 실체로, 혹은 주체로 가시화되지 못한다. '나'는 '귀'를 잃은 채 또는 굳게 닫힌 '입'을 지닌 채 타인과의 관계 속에서 어떠한 접촉면도 구성할 수 없는, 소통하거나 공감하려 하지 않는 "귀도 입도 없는 뭉개진 얼굴 모자이크 처리된 불특정 다수의 얼굴"의 세계를 감각할 따름이다.

이효영 시인은 이러한 비애를 '에어팟'이라는 물성으로 뭉치며 "그건 아주 가끔 있는 일"이라며 의뭉스럽게 풀어낸다. 타자화된 주체 역시 '나'를 구성하는 실재적 조건일 따름이라서 경험적 일상 속에 자리한 서글픈 풍경에 카메라를 들이대며 어떤 기품을 만들어 내는 정동의 순간을 기록하고자 한다. **"나는 그것에 대해 글을 써야 했다 그것은 누군가에겐 고집이었고 나에겐 믿음이었다"**고 적는 시인에게 시적 대상의 곡진한 내력은 "길게 늘어놓은 오후의 구석구석으로" "좀 더 세밀히 침투"하는 "햇빛"처럼(「효영낭독회」) 그것의 정동이 어느 방향으로 향하든 섬세한 감정을 불러일으켜 시적 주체의 삶에 단단한 기반이 될 것이 분명하다.

이러한 시인의 태도는 다양한 종류의 '빵'으로 사건을 유희하고 있는 「명백히 달콤한 빵과」에서도 찾아볼 수 있다. 여타의 시와 다른 층위의 언어적 감각이 중첩되는 이 시의 토대는 유머이다. 유머는 비애의 정동을 잠시 숨겨 두는 은신처와 같다. 삶의 피로와 고통, 슬픔을 은닉하고 "살아 있다는 것은 축복"이라며 "생전 안 했던 말을 중얼대"더라도 "다들 잘 이해"하는 시적 환상의 기제. 이를 통해 "영원히 허물어지지 않는 자국"을 지닌 채 "꽁초처럼 쭈그려 앉아 골목 끝을 바라"보는 초라한 시적 주체를 부정하지 않으면서도 "한 해 또 한 해/새로운 얼굴을 쓱쓱 그려" 낼 수 있는 것이 또한 시인이 성취한 응시의 결정이 아닐까.

그러나 시적 주체가 경험적 일상 속에서 응시하고 감각하는 대상 혹은 사건은 그것이 지닌 이질성에도 불구하고 주체로 하여금 자기 동일성을 구성하는 경계면으로 기능한다. 그것은 경험 내부에 시적 주체를 자리하게 하여 내면을 돌아보도록 이끈다. 그렇기 때문에 시적 대상은 늘 시적 주체의 양태를 되비추는 역할을 수행한다.

영, 나의 사랑, 너를 내 코끝보다 가까운 존재로 느낄 때, 내가 너를 완전히 이루어 낸 이때, 창문 너머 거꾸로 뜬 너를 본다, 배반을 도모하듯,

(중략)

영, 너를 시작이라 믿어, 분명했다 면과 높이, 입체로, 그린 사랑, 애정 외에, 무엇이 너를 움직이게 하는가, 너는 왜 숨 쉬는가, 너를 해석함이 수학의 정석만큼 깔끔했다, 두꺼운 해답지, 의심 없는 세계, 너와 나는 하나 될 수 있다, 사랑은 그렇게 발상하는 것, 실크로드처럼 매끄럽고 선연하게,

(중략)

영, 어떻게 내게 끝을 말할 수 있는가, 네가 최후였다니,
그렇구나, 공허가 너의 정답이구나, 미지수 x는 멋대로 음
양을 오가고, 너는 시작도, 중심도 아니었다, 영, 너는 자신
을 무(無)로써,

(중략)

너는 다만 추락한다, 그렇게 말해 보며, 내 폭력을 성급
히 끝낼 뿐, 영, 나를 용서하겠는가, 저 바닥에도, 시체는 보
이지 않는다, 창문 너머 시커먼 밤이 너의 궤적을 삼키고,
존재들은 자꾸 투명해져, 나는 이제 수천 년의 말을 잃는다,
영, 나의 사랑하는, 영,

그리고,

—「0」부분

'나'는 "창문 너머 거꾸로 뜬 너를 본다". 추락의 순간을
기민하게 포착한 '나'는 "추락 중"인 "너를 시작이라 믿"는
다. 무엇이 시작인가, "무엇이 너를 움직이게 하는가". 죽음
을 향해 "다만 추락"하는 "너를 해석함이 수학의 정석만큼
깔끔했다"고, "의심 없는 세계"에서 "너와 나는 하나 될 수
있다"고 말하는 '나'는 추락하는 '너'를 전유해 '나'를 상상한
다. 이때의 '나'는 '창'이라는 경계에 의해 안전한 위치에 있
는 것처럼 보이지만 실상 바깥에서 안으로 침투하는 죽음
의 그림자로 인해 폭력적 세계에 노출된다. 그럼으로써 "너

의 태생으로, 떨어져 내리고, 떨어지고"야 마는 생존의 위협을 느끼며 분열증적 주체의 자리에 놓인다. '너'를 통해 "공허"를, "자꾸 투명해"지는 존재를 감각하는 분열증적 주체의 중얼거림은 어떤 면에서 고통과 상처를 삶의 조건으로 보존하려는 것만 같다. 그것은 저 끊임없이 반복된 쉼표를 통해 「선미장식의 계단」에서와 같이 호흡을 분절시키며 모종의 혼란을 불러온다.

"창문 너머 시커먼 밤이 너의 궤적을 삼키고" "수천 년의 말을 잃는" '나'는 안과 밖의 서로 다른 풍경을 모색할 수는 있을지언정 그것을 삶의 희망으로 전회할 수 없다는 참담을 느낀다. '나'에게 "너는 이드"이면서 "슈퍼에고"이자 "오이디푸스"이다(「짱구는 못 말려」). 그런 점에서 이효영 시인의 '나'는 욕망과 억압 그리고 그것들이 충돌하여 일으킨 자기파괴적 당혹 속에서 절망의 낙차를 삶의 조건으로 수용하는 것만 같다. "조금씩 어긋나며 우리는 영원히, 영원할 거야"라고 말하면서(「소문」) 자꾸만 비틀어지는 이음새로 모호해지는 길을 삶의 정체성으로 여기며 뚜벅뚜벅 헤쳐 나가는, 일상적 경험을 불가피하게 극적인 사건으로 포착하여 존재의 본질을 이야기하려는 시인의 수행은 슬프고 아련하지만, 절대적 풍경으로 우리에게 각인된다.

당신은 점점 더 좋아지고 있습니다

놓친 것이 모두 생명은 아니지만

뒤돌아보면 하나같이 부푼 얼굴

버린 손짓들 잠결에 떠내려와

천변에 쌓였지 지하 식당의 음악처럼

홀로 웅장히 소모되는 하루

그저 너무 오래 앉아 있었던 거야

—「천변 요양원」 부분

수전 손택은 에리히 아우어바흐가 발자크의 리얼리즘을
설명한 부분을 참조하여 한순간 불쑥 출현하는 그 무엇이
삶 전체를 요약해 보여 줄 수도 있다고 하였다. 이를 변주
하여 말하자면, 시인이 포착한 순간의 기록은 그 순간의 이
전과 이후를 포괄하는 총체성을 재현한다고 할 수 있을 것
이다. 이는 환상처럼 여겨지기도 하지만 예술의 본질을 의
미하는 것이기도 하다. 포착된 순간은 시간을 고정하는 한
편에서 그것의 영원성을 죽음의 형식으로 기입하는 수행에
가깝다. 그런 이유로 우리는 순간을 통해 영원을 볼 수 있
게 된다. 영원은 외부에서 내면으로 침투해 들어와 찰나적
존재의 연약함을 증거한다. 그럼으로써 "천변에 쌓"인 "부
푼 얼굴/버린 손짓들"처럼, "홀로 웅장히 소모되는 하루"를
감당하며 "그저 너무 오래 앉아 있었던" 듯이 머문 흔적을
삶의 양태로 삼아 앓게 만든다.

이효영 시인의 시는 하나의 절대적 풍경으로 다가온다.
그 이미지는 바깥을 향한 시적 주체의 응시를 거쳐 시적 주
체의 내면을 비춘다. 일상적 경험의 순간은 상상적 고뇌와

충돌하며 상징적 사건이 되어 주체의 불안과 부정을 들추어낸다. 이는 풍크툼의 감각으로 독자에게 이어져 '나'를 심하게 앓게 될 것이라는 예감이 들게 한다. 그럼에도 매혹될 수밖에 없는 이유는 "당신은 점점 더 좋아지고 있습니다"라고 말을 건네는 시인의 진심에 있다(「You be good. See you tomorrow. I love you.」). 시인이 펼쳐 보이는 세계가 우리의 감상에 그치지 않도록 하기 위해 고통과 슬픔을 전면적으로 감당하는 동시에 존재론적 질문으로 확장시키는 그만의 방식은 특별하다. 시인은 대상을 전유해 세계를 그린다. 세계는 '나'의 감각과 인지 영역을 넘어 사유되며 그 사유의 결과는 마치 부메랑처럼 '나'에게 돌아와 '나'를 돌보게 한다. 그 돌봄의 자리는 최초 출발한 장소에 있지 않으며 조금은 어긋난 위치에 놓인다. 그곳에서부터 다시 시작하는 주체의 사유는 자신을 옥죄고 놓아주지 않는 존재의 본질과 끈질기게 갈등하며 예상치 못한 방향으로 재조정된 길을 마련한다.

이효영 시인의 시는 그 길 위에서 "닳아 버려진 걸음 단련하여 삭제된 아픔"을(「도루코」) 시적 주체의 구체적 행위로 전환하여 치열한 내적 고투의 양태를 시적 현장으로 드러냄으로써 위태로움 가운데 존재하는 삶의 모든 순간을 경이로 경험하도록 우리를 이끈다. 그것이 "그리운 당혹"이 될지 "지겨운 공포"가 될지 알 수 없지만, "길은 문득 한 방향"이라고 시인은 말한다(「소문」). 한 방향으로 난 길 위에서 우리가 해야 할 일이 있다면 그것은 풍경의 감각을 경험하면서 그 안에 포함된 '내'가 점점 더 좋아질 것을 믿는 것이며 그러한 자신을 돌보는 일일 것이다.